KB092138

금강하굿둑에서

문철호 시집

시음사
시사랑음악사랑

시인의 말

고등학교에 입학한 후 시가 좋아서 3년 동안 문예반 활동을 하면서의 창작하던 가슴 설레고 즐거웠던 그때를 잊을 수 없습니다. 공주사대 교수를 지낸 이원구 시인의 『바람의 노래』라는 유고 시집, 이듬해 한상각 시인의 『타인의 얼굴』이라는 시집을 문예반 선생님으로부터 받고, 시집을 애지중지 다루며 몇 번이고 읽으며 시인의 꿈을 꾸었습니다. 원고지만 있으면 뿌듯했던 순수한 시절이었습니다. 지금은 돌아갈 수 없는 그 시절이지만 때 묻지 않은 영혼의 시절을 추억할 수 있다는 것만으로도 행복합니다.

교육자의 길을 걸으며, 미래의 시인을 꿈꾸는 문학도를 지도하고 있습니다. 부족한 스승의 가르침에도 열심히 노력하는 제자들은 많은 백일장에서 최상의 열매를 맺고 있습니다. 시가 좋아서 창작하고, 시인들과 교류하면서도 문단에 등단하겠다는 생각을 하지 않았습니다. 내가 사는 세월 속에서 삶의 경험, 보고 들은 것들에 대해 느낌을 쓰면 그것이 가장 좋은 시라고 생각했습니다. 그러다가 우연한 기회에 등단의 기회가 주어졌고 어깨에 부담을 진 시인의 길을 걷고 있습니다.

등단 전에는 즐거운 마음으로 오롯이 나만을 위한 작품들로 행복했습니다. 그런데 문단 등단 후 내 작품을 독자들이 읽고 평가하게 된다는 점이 부담스러워 책임감이 무거웠습니다. 작품을 쓰면서도 시집을 출간해야겠다는 생각은 하지 않았습니다. 그러던 중 (사)창작문학예술인협의회 김락호 이사장님의 추천으로 도서출판 시음사를 통해 시집을 출간하게 되었습니다.

시의 흐름이 사회현상 등 현실을 다루기도 하지만, 그래도 내 시의 핵심어는 '자연, 순수, 사랑'입니다. 앞으로 고려청자나 조선백자 같은 시를 빚어내고 싶습니다. 석류의 다홍색 알맹이같이 눈부시면서도 새콤달콤한 맛을 내는 시를 쓰고 싶습니다. 초심을 잃지 않는 시인으로서 욕심을 부리지 않고 창작하며, 독자의 곁으로 둘레길 걷듯이 넉넉한 마음으로 다가가겠습니다.

시인 문철호

목차

1부

2부

목차

1부

어제처럼 오늘도
낯모를 누군가와 하나 되고
삶의 이정표가 되기 위해
걸어온 길 위에 땀 흘리며
한 발 두 발
발걸음을 옮긴다

꽃과 나비

난 그리움의 꽃이 되고
넌 나비가 되는 오후

한 줌 바람에도 바르르 떠는 꽃잎
춤바람이 나 나풀대는 나비

– 허나
두 가슴 텅 빈 자리에
해가 해쓱해쓱 여위어 간다

삶의 이정표

길을 걷다가 이정표를 보았다
망설임 없이 한길을 택했다

흙길
부드러운 감촉이 내 마음을 스친다
걸음걸음마다
흙내음이 물씬 풍긴다
향수와 스킨로션 냄새
은은한 솔향과 풋풋한 풀내음이
하나 되는 길

자갈길
삶의 무게만큼이나 사그락거린다
걸음걸음마다
도레미파솔라시도
피아노 건반 위에
열 손가락 움직이며
길손의 마음을 벗하는 소리
누군가와 하나 되는 길

흙길, 자갈길
걸어온 그 길은
누군가가 걸었던 길
또 누군가가 걸어 오갈 길
누군가와 내 삶의 냄새가
하나 되는 삶의 길

어제처럼 오늘도
낯모를 누군가와 하나 되고
삶의 이정표가 되기 위해
걸어온 길 위에 땀 흘리며
한 발 두 발
발걸음을 옮긴다

자연의 가르침

하늘이 처음 열리고
자연은
고요하게 잠든 대지를
사랑의 단비로 입맞춤하고
솜털의 숫눈으로 포근히 감쌌다
찬란한 태양과 새 소리의 축복 속에
우렁찬 울음소리의
인간을 창조하였다

지나친 사랑이었을까?
인간은
사랑으로 키워준 자연을
제멋대로 대하며 아프게 한다
자연은 고열에 신음하며
불덩이 같은 이마에 식은땀을 흘린다

그때에서야 깨달은 나는
자연의 앓는 소리에 잠 못 이루고
뒤척이며 밤을 지새웠다
고개 들어
길게 들숨 쉬며 주변을 살핀다
자연의 전령사인
아파트 담벼락의 장미가
먼지 속에서도
그 위엄을 잃지 않고 미소 짓는다
숙연해라 삶이여!

봄에

고운 머리
분홍 꽃 소녀
바구니에 봄을 캐어 담는다

둑길에 서서
이슬 같은 눈망울로
하늘을 비춰보고
흘리는 미소

어디선가
풀피리 소리 들리고
소녀는
한 송이 꽃이 된다

봄나물

봄바람이 살랑살랑 불면
대바구니 들고 대붓둑으로 나섰다

아지랑이 아질아질 춤추는 속에
신명 나게 대붓둑을 뛰놀던 어린아이
온갖 풀들이 빼곡하게 푸릇푸릇하다

쑥, 씀바귀, 질경이,
냉이, 소루쟁이, 꽃다지 나물
세상의 만물에 이름이 있다는 것을
어린아이는 처음으로 알았다

봄바람이 살랑살랑 불면
마음은 고향 대붓둑을 내달린다
고향을 지키는 봄나물들을
가득가득 대바구니에 담는다

봄나물의 잔향 속에
봄바람 타고 전해지는 고향 냄새

고사리

아기 손이 꼼지락거리며
바람의 속삭임에 살포시 눈을 비비네

아지랑이 아질아질 피어나니
까르르 웃음 지며 안아달라네

엄마젖 배불리 먹고 새근새근
자던 잠 깨어 산에 푸름을 더하네

이슬

상큼한 햇빛이 좋아
새벽녘에 아침을 맞으러 온다
잠자는 대지는 고요함이 깔리고
지친 풀잎과 꽃잎이 나를 기다린다

햇빛이 스치고
참새의 재잘거림이 리듬을 타고 흐르면
나는 은빛 반짝이는 옷을 뽐낸다
풀잎 보금자리는 멋지고 낭만적인 곳
햇빛의 기운이 세어지면 나는 천사가 된다

풀잎 보금자리와 참새의 재잘거림이 그리워
내일 아침에 다시 올 것을 기약하며 떠나지만
나는 내일, 아니 영영 올 수가 없다
사람들은 낙엽을 주우며 인생의 허무함을 말하지만
나는 오늘 아침 은빛 반짝이며 잠깐 살고 간 것을
햇빛의 공간에서, 나의 안식처에서 감사할 뿐이다

테미공원 벚꽃눈

목화송이 닮은 숫눈
혀끝에서 봄눈 녹듯 녹고
칼바람 타고 떠난 하얀 눈
지상으로 소풍을 왔네

봄눈은 혀끝에 닿아도
묵은눈 얼어붙듯 녹지 않고
가맛바람 타고 내린 눈꽃
테미고개 넘어 소풍을 왔네

은하수 건너 부용과 사득이
이별 아쉬워 흘린 붉은 울음
훨훨 봄바람 타고 벚꽃눈 되어
테미공원 둘레길로 소풍을 왔네

뜨락에 향기 놓고

꽃바람이 하늘하늘 날갯짓하던 고운 날
내 마음도 구름 타고 둥실 떠간다
벚꽃은 갓 벙근 연분홍 꽃망울을
마음 한구석에 수줍게 내려놓는다

신부 같은 순백의 꽃망울과 눈을 맞춘
검은 눈망울은 샛별처럼 빛나고
설레는 마음은 분홍으로 물든다
파란 하늘 아래에서 발아를 꿈꾸며
흐르는 꽃구름에 마음을 곱게 띄운다

나른한 햇살이 졸고 있는 오후
꽃밭에 향기 좇아 모인 꿀벌 떼처럼
나만의 향기를 채밀採蜜하여
뜨락 한구석에 가만가만히 내려놓는다

자목련紫木蓮

사랑은 설렘이고 달콤한 그리움이라지
사랑은 슬픔의 눈물이고 한恨이라지
사랑에 눈멀면 사랑에 귀 멀면
심장은 마중물처럼 사랑을 펌프질한다

부러울 것 없는 세상 다 가진 그대는
비린내 나는 바다 사내의 뭐가 좋아
몰래 한 짝사랑의 아픔을 이기지 못하고
한 떨기 꽃으로 벼랑에 몸을 던졌는가

거친 바다에서 한 떨기 꽃을 거두고
양지바른 곳에 묻고 넋을 매만지던 당신
그때 말을 하지 그때 말을 하지
그랬더라면 내가 그 마음 알고 떠났을 걸

당신을 사랑한 죄, 당신 손에 숨 멎어
피를 토하는 내 한恨을 당신은 아는가
지금도 구천을 맴돌며 당신을 간절히
애틋하게 사랑하는 내 마음을 아는가

경화금京華錦

푸른 하늘 푸른 산이 맞닿은 곳
영산홍映山紅과 철쭉이 불타는 계절
꾀꼬리 넉넉하게 노래하는 사월의 끝자락에서
넝쿨장미가 봉긋한 가슴 내밀고 수줍게 웃는다

고타마 싯다르타가 세상에 빛으로 나고
보리수 아래에서 고행苦行 수도修道하여
깨달음을 얻어 부처佛陀가 되고
흙탕물 같은 세상을 연꽃처럼 정화淨化했지

석가모니 부처의 지혜로움을 품은
경화금京華錦은 연등보다 먼저 불 밝히고
삼천 년 세월을 합장合掌의 공供으로
우담바라를 피워냈다

심해深海에서 무량겁無量劫을 사는 맹구盲龜
백 년 만에 바다 위에 올라 우연히 나무토막 만난 것처럼
너를 본 순간 세속의 번뇌煩惱 털어버리고
내 마음의 푸른 언덕에 우담바라가 핀다

장미

아파트 담장엔 덩굴장미가 활짝 벙글고
초록초록 가지마다 붉은 송이 노란 송이

눈꽃처럼 아롱다롱 아기의 고사리손
노란 송이 하나하나에다가 입 맞추며

개나리꽃처럼 보들보들 누이의 고운 손
붉은 송이 하나 끌어다가 볼을 비비고

지나던 실바람도 벙근 장미꽃 어루만지며
훨훨 날갯짓하는 향기에 취해 버렸다

할미꽃

우윳빛 솜털
햇빛에 반짝반짝
세상살이 겸손 하라네
비바람에도
흔들림 없는 삶
굽은 허리
고달픈 삶에
허리 굽은 울 엄마 모습
억척스럽게 살아온 삶

찔레의 한恨

찔레와 달래,
병든 홀아버지 모시고 사는 효녀들
공녀貢女로 끌려간 찔레는
가족이 그리워 눈물로 까만 밤을
하얗게 지새우고
향수병에 시름시름 앓아누웠다

주인 은혜로 한걸음에 돌아온 고향
십 년 만에 찾은 집은
우거진 잡초만 무성하고
홀아버지 감나무에 목을 매고
달래는 정신을 놓고 떠났다는 소식

주저앉아 울부짖고
찢어지는 가슴으로
달래 찾아 산과 들을 헤매는 찔레
가을이 가고 겨울이 오고
나뭇가지에 긁히며 돌부리에 걸려 넘어지며
외로운 산길에 쓰러진 찔레 위로
무심한 하늘은 하얗게 눈을 뿌렸다

겨울이 가고 봄이 오자
찔레의 고운 마음은 새하얗게
쓰러진 산길에 눈꽃으로 피었고
서러운 한恨은 붉은 열매가 되었다

청보리가 익어 가면

꾀꼬리가 노래하면
청보리는 고개를 쭈-욱 빼고
이제는 언덕 하나 너머
성숙의 단계

청보리가 살랑거리면
동네 꼬마 친구들과
워리, 복실이에겐
최고의 놀이터

청보리가 손짓하면
깜부기를 쑤욱! 한 줌 훑어
입에 넣고 마주보며 깔깔
웃음 속에 드러나는 하얀 이
온통 까만색

청보리가 누릇해지면
몸뚱이 하나 빌려주어
삐 — 삐이 —
삐리리 —
울려 퍼지는 풍악 소리

감꽃

모진 비바람 짓궂게 불 때마다
주저리주저리 열린 하얀 감꽃
벙근 팝콘처럼 발아래 쏟아진다

비움의 미학을 알고 있는 나무는
욕심을 훌훌 털어 내려놓고
화려한 가을 무대의 주연을 꿈꾼다

보리의 기상氣像

사극史劇에서 보듯이
거대한 UFO의 쏜살같은 움직임에
살점과 피가 튄다
점령당한 땅엔
온통 연초록의 깃발이 나부낀다
따가운 햇살 등에 지고
허리 굽혀 모땜하는 농부들
비바람에도 꼿꼿하게 고개 들고
항거하는 기개
연초록의 깃발 속
고립무원의 땅에서
최대의 참수斬首를 기다리는 민중
거대한 UFO가 무차별하게
휩쓸고 쑥대밭을 만든다
죽어도 좋아
바른 세상만 온다면
날 선 기상으로 고개 들고
참수를 받는다
피와 살이 튄다
누가 이 기상을
대나무보다 못하다고 하리오

따가운 햇볕 등에 지고
허리 굽혀 모땜하는 농부들
들판이 온통 연초록으로
물을 들였다
그 옆에서 동학혁명 이후
최대의 참수斬首를 기다리는 민중
비바람에도 꼿꼿하게 고개 들고
항거하는 기개
거대한 UFO가 무차별하게
휩쓸고 쑥대밭을 만든다
죽어도 좋아
바른 세상만 온다면
날 선 기상으로 고개 들고
참수를 받는다
피가 끓는다
누가 이 기상을
대나무보다 못하다고 하리오

푸른 들녘

모내기가 끝나가는 들녘을 바라보며
지그시 눈을 감아봅니다

한쪽에선
모를 빠른 손놀림으로 쪄대고
바쁘게 지게에 져 나릅니다
한쪽에선
써레질한 무논에
못줄잡이가 못줄을 바둑판처럼 떼며
어여! 하고 외치면
동네 아낙 십여 명이 일제히 허리 숙여
빠른 손놀림으로 모를 심습니다
어야! 하고 외치면
일제히 허리를 폅니다
그 모습이 훈련 잘 된 의전행사의 군인 같습니다
꼬마 녀석 두어 명은 뒷전에서
거머리가 달라붙은 줄도 모르고
쪄 놓은 모를 모내기하는
아낙네들 뒤에 골고루 날라다 줍니다

들녘에서 새참으로 먹는
멸치 국물에 국수 한 그릇은
묵은 김치 한 가지 반찬이지만
꿀맛입니다
땅거미가 내려앉을 시간
논두렁을 걸어오며 나누던
정다운 이야기들은
하루의 고단함을 다 잊고
내일을 기약하는 이야기들입니다

감았던 눈을 뜨고 바라보니
그 들녘을 이앙기가 기계음을 내며
분주히 달리고
국수 자리에 빵과 우유가 대신합니다
정이 넘치던 그 시절이
참으로 그립습니다

아파트와 넝쿨장미

회색의 얼굴
본색을 화장으로 감춘 팔등신八等身 아파트
화려한 드레스 늘씬한 몸매
예쁘다고 다가서면
모골이 송연한
무표정한 얼굴의 아가씨
흔들림 없는 벽화
그 속의 향기 없는 꽃
숨쉬기 곤란한 감정에
들숨보단 긴 날숨을 쉰다

불그레한 얼굴
바람에 몸을 싣고 하늘거리는 넝쿨장미
녹색 장옷 날씬한 몸매
예쁘다고 다가서면
담벼락에 고개 삐죽 내미는
붉은 입술의 아가씨
하늘거리는 꽃잎
코끝을 스치는 향기
숨쉬기 곤란한 감정에
날숨보단 긴 들숨을 쉰다

보문산 고촉사 高燭寺

선녀의 옥비녀 닮은
옥잠화가 예쁘게 피고
풍경을 그늘막 삼아 졸던 잉어
지나는 바람 소리에 깜짝 놀라
쏜살같이 꼬리를 흔들어보지만
도로 그 자리에 맴돕니다

하늘길 따라
백팔 계단은 꼬불꼬불 오르고
바람의 발자국 소리에
임진년 왜란에도
육이오 사변에도 목숨 지킨
동굴 속 고란초가 숨죽입니다

구름은
돛대바위에 걸터앉아 숨 돌리고
나는 보물이 묻힌 산중턱에 서서
두꺼비 목탁울음과
뻐꾸기 독경소리에
내 마음을 가만히 실어봅니다

연꽃 소리

물 위의 시원한 바람은
쏜살같이 연꽃에게 다가가
속삭인다

달콤한 사랑인지 하얀 연꽃이
얼굴을 가만히 붉히고
미소 짓는다

바람처럼 사랑을 고백하고
연꽃처럼 미소로 대답하는
서동과 선화의 사랑 소리

도라지밭 길

흰 꽃과 보라 꽃이 어울린 도라지밭
사잇길 걷다 보면 마음은 구름이 되고
꽃망울을 살짝 누르면 '퍽'하는 소리
그 소리에 나비와 고추잠자리가
깜짝 놀라 저만치 물러나 앉는다

백도라지 청도라지 어울린 도라지밭
사잇길에 작은 키가 묻힌 꼬마 녀석들
고추잠자리를 쫓아 살금살금
다가서 손가락을 빙빙 돌린다
어린 시절 떠올라 살며시 미소 짓는다

하얀 여름의 꿈

지난 밤 하늘이 목 놓아 울 때
소복 입은 목련은
소리 없이 흐느끼며 떠났다
하얀 여름을 남겨두고 그렇게 떠났다

아카시아 꽃향기가 코끝을 간질이며
내 마음을 유혹하고
이팝나무엔 하얀 쌀밥이 그득하다

제삿밥 뜸이 잘 들었는지
밥주걱에 붙은 밥풀 떼어 먹다가
시어머니 구박에 죽은 며느리
며느리의 무덤 위에서 피어난 한恨
이팝나무 하얀 쌀밥꽃

온종일 뙤약볕과 싸우며
들판에서 허리 굽혀 일하시는
발 벗은 우리 아버지
등 굽은 우리 어머니

때마침 불어오는 한줄기 시원한 바람에
펴지지 않는 허리 한껏 펴고
이마에 맺힌 땀을 닦는다

바람 타고 들려오는 소쩍새 울음소리에
오늘도 이팝나무는 하얗게 여물어 간다
우리 아버지와 어머니의 마음도 여물어 간다
하얀 여름은 멋진 꿈으로 여물어 간다

하지夏至

긴 여름 낮에
비는 추적추적 내리고
모내기 마친
노부부가 툇마루에 걸터앉아
감자전을 부쳐내네

아내는
막걸리 한 사발 넘치도록 따르고
세월의 나이테를 이마에 두른
사내는
꿀꺽꿀꺽 거친 목젖을 씻어 내리네

주술에 걸린 사내는
막걸리 한 사발
들이켜기 전에
뒤꼍에 고수레하고
아내는
감자전 조각 떼어
고수레하네

노부부 마주보며
감자전 한 젓가락으로
땅의 냄새 음미하고
농부의 땀인 양
비는 장단 맞춰 땅을 두드리네

비가 내리는 날

비가 내리는 오늘은
도라지 밭 운동장에서
하늘 운동회가 열린다

청군 이겨라! 백군 이겨라!
하늘에서 던지는 콩주머니들
청백靑白의 박에 툭툭.. 투닥투닥....

왁자지껄 콩주머니들이
흰색 보라색 앙다문 박을 터트리는
오늘은 재미있는 하늘의 잔칫날

2부

가을은 풍요와 그리움의 계절이라는데
우리는 세월 속에 어제를 묻고
오늘의 소리에만 귀를 연다
봄에 진 꽃들은 주검 되어 슬프고
아직 돌아오지 못한 꽃들이 너무도 그립다

취와醉蛙

농사철에 가뭄이라고
탄식하며 와글와글

거북등처럼 갈라진
논바닥을 보며 부글부글

올해 농사 버렸다고
하늘 보며 시끌시끌

이래저래 망했다며
한잔 술로 개굴개굴

매미의 외침

나뭇잎은 흐느적거리고
군상群像은 마법에 걸린 듯
하얀 계곡과 푸른 바다로 몰려든다

먹구름은 채찍비 몰고
죄를 씻은 하늘의 안숫물은
흙탕물 되어 넘실넘실 흐른다

채찍비가 매섭게 창을 두드리고
번개와 천둥이 세상을 흔드는 밤
한 맺힌 매미의 외침이 창문을 흔든다

심장이 찢어질 듯 처절하게
사랑 찾아 애절한 울부짖음으로
매미는 천둥 속에서 피를 토한다

여름과 가을 사이

끈적끈적한 사이
너와 나 사이

매미가 지쳐 우는 소리에
숨이 탁탁 막힌다

순간의 망각 속에
부딪는 소리

내리쬐는 햇볕에
잉태된 만물이 꿈틀거린다

가을

그제의 하늘보다도
오늘의 하늘은 한 뼘은 더 높다
봄은 아지랑이 타고 살랑살랑 올라가고
가을은 햇살 타고 하늘하늘 내려온다
하늘에서 내려온 가을이
억새에 풍요롭다

어제의 하늘보다도
오늘의 하늘은 두어 뼘은 더 높다
여름은 어둠에서 푸르름을 잉태하고
가을은 아름다운 옷으로 갈아입는다
하늘에서 내려온 가을이
들녘에 풍요롭다

허수아비

내리쬐는 햇볕 속에서
들을 지키는 파수꾼1
밀짚모자에 상을 찌푸리며 주먹을 쥐었다고 별수 있나
참새들의 원두막

내리쬐는 햇볕 속에서
들을 지키는 파수꾼2
붉은 머리띠에 주먹 불끈 쥔 손 치켜든다고 별수 있나
참새들의 원두막

코스모스

열려있는 가슴에 가만히 기대고
사랑하느냐 물으면
대답 대신 고개를 끄덕이는 여인

여유 있는 미소에 입을 맞추면
희었다가 붉었다가 곱기만 한 얼굴
보고 돌아서면 다시 보고 싶은 나의 여인

살살이꽃

파란하늘은 어질어질
건들바람은 산들산들
뭉게구름은 둥실둥실

길가에 흐드러지게 핀 살살이꽃
붉은색, 하얀색, 보라색, 분홍색
곱게 차려 입고

임 기다리는 그리움으로
큰 키에 목을 쑤욱 내밀고
건들바람 따라 몸도 산들산들
뭉게구름 따라 마음도 둥실둥실

꿀벌들은 맛에 취해
윙윙거리며 돌고
고추잠자리는 멋에 취해
빙글빙글 맴돈다

갈대

백강白江은 쪽빛 하늘을 안고
은갈색의 갈꽃은 태양을 품었다

건들마 한 자락에
갈대는 사그락사그락 볼 부비고
어디선가 갈잎 피리 소리 흐른다

건들마 한 자락에
강파江波는 사르륵사르륵 속살거리고
옮기는 걸음마다 콧소리가 절로 난다

갈대밭 사잇길에 옮기는 내 발자국도
갈대와 어울려 한 폭의 그림이 된다

가을비는 내리고

시원하게 내리는 가을비는
가슴속 화병火病을 달래기라도 하듯
하얗게 내려 흠뻑 적신다
멀리 보이는 산골짜기마다
골안개는 뭉실뭉실 피어오르고
푸른 산은 신선이 된 듯 둔갑술을 부린다
단단히 화병火病이 난 걸까?
가을은 풍요와 그리움의 계절이라는데
우리는 세월 속에 어제를 묻고
오늘의 소리에만 귀를 연다
봄에 진 꽃들은 주검 되어 슬프고
아직 돌아오지 못한 꽃들이 너무도 그립다
서리에도 시들지 않는 한 떨기 국화처럼
아름다운 꽃숭어리들이 돌아왔으면
쏴아 내리는 가을비에
지상으로 내려앉는 노란 은행잎을 보며
간절한 그리움 안고 기다린다

구름 같은 사랑

무서리가 밤새 하얗게 내리고
단풍은 새색시 볼처럼 곱게 물든다

옷깃 여미는 가을바람에
억새는 볼 비비며 사랑을 속삭이고
강물의 달콤한 입맞춤은 모래톱을 만든다

구절초 살랑살랑 춤추고
고추잠자리는 사랑으로 상기되었다

푸른 하늘에 뜬 구름
그리움으로 새벽녘 물안개에 젖은 솜처럼
먼발치에서 눈으로 볼 수 있지만
손으로 잡을 수 없는 임

가을바람에 꽃은 춤추고
사랑은 저만치 길 떠나네
사랑의 열병으로 내 가슴은
파랗게 멍이 들어간다

낙엽처럼 쌓이는 사랑

세월이 가면 나이테가 늘듯
사계절이 돌고 돌아 주름살 지듯
지나간 기억들이 뒤안길로 사라져가야 하는데
꽃이 질 때 보름달 같은 그리움이 되어
바람에 떨어진 낙엽처럼 쌓여만 간다
지난 세월 거슬러 함께 할 수 없지만
내 마음속에서 손잡고 왔는지
순간순간 그대가 따라온다
그리움이 쌓여 보고픈 마음은
붉은 심장처럼 단풍도 되고 간절한 기다림의
홍시紅柿도 되겠지
첫사랑의 예쁜 추억처럼
가슴 깊은 곳에 낙엽처럼 쌓이겠지
바람 부는 오늘,
가슴 저 깊은 곳에 있는 그대가 그립다
가을 솔가지 불타는 향에 취하고
먹음직스럽게 익은 홍시처럼 선물 같은 감정들
장독에 켜켜이 넣어두고 겨우내 가슴 시릴 때마다
꺼내 보며 미소를 짓겠지
무엇이든지 덮어줄 것 같은 바다
무엇이든지 날려버릴 것 같은 바람에
보고픈 감정이 훨훨 구름처럼 날갯짓하며 난다

단풍丹楓

그대를 향한 그리움이
가슴을 샛노랗게 물들였다

그대를 향한 기다림이
마음속에 알록달록 매달렸다

그대를 향한 참을 수 없는 사랑 때문에
지상에 붉은 내 심장을 흩뿌려 놓았다

그대는 아는가?

그대 발길 옮기는 곳곳마다
내가 함께 걷고 있다는 것을

단풍 같은 사랑

상큼한 가을 하늘에
금세라도 하늘에서 파란 잉크가
이슬처럼 또록 떨어질 것만 같다

아침이슬 벽옥두碧玉斗에 또록 떨어질 때
그리움도 바닷가의 포말처럼 밀려오겠지

바람에 서걱대는 갈대의 몸짓
발레리나 같은 부드러운 동작들
사랑이 단풍처럼 붉게 물들면
쥐어짤까 보다

알록달록 곱게 물들어가는
단풍처럼 우리의 사랑도 물들어 간다

고구마밭에서

뙤약볕 아래
지붕 위의 호박은 영글어 가며
고추밭의 고추는 이글이글 타고
땅속의 고구마는 주먹을 불끈 쥐었다

광복절 아침에
태양을 머리 위에 이고
십자가+字架가 내려다보는
고구마밭에서
비 오듯 땀을 흘린다

두둑을 침범한 넝쿨의 순筍을 딴다
따낸 순筍 모아놓고
모가지를 따고 비틀며
잎사귀를 떨어낸다

십자가 걸린 예배당 앞에서
손아귀에 힘을 주며
역사를 왜곡하는 자들의
모가지를 따고 비틀 듯
순筍의 잎사귀를 싹둑 떨어낸다

국화

소담하게 피어있는 국화의 우아한 모습
노가재老歌齋의 멋진 시조 한 구절을 읊조린다
"풍상이 섯거치면 군자절을 픠온다"

수줍은 듯 매혹적인 국화의 고운 모습
바람 타고 스며드는 향내 가슴에 포개며
노란색은 저고릿감 분홍색은 치맛감으로 끊어
누이 줄까나

무화과 사랑

감추고 싶은 사랑
남몰래 하고 싶은 사랑
그렇게 너와 나만 아는 사랑

바람이 고즈넉이 부는 날에도
채찍비가 쏟아지는 날에도
햇볕이 쨍쨍 내리쬐는 날에도
너와 나의 사랑은
무화과 속살처럼 익어간다

가을이 붉게 익어 가는 날
너와 나 손 맞잡고
코스모스 사잇길 걸으며
둘만의 목소리로
달콤한 사랑을 속삭이고 싶다

석류石榴의 아픔

아프도록 사랑하는 임과
이별의 슬픔이 얼마나 컸으면
더불어 사는 세상의
차가운 눈총이 얼마나 따가웠으면
마음에 빗장을 걸었을까

붉은 비단 주머니 옆에 차고
대문에 우두커니 비켜서서 기다리며
여름 소나기처럼 던지는
뭇 사내들의 추파秋波에도
마음의 빗장을 열지 않는다

사랑하는 임 기다리다 지친 서러움은
입술 살며시 깨물고 남몰래 삭이다가
사랑하는 임이 찾아온 날이면
남몰래 삭인 사무친 사연들
가슴 열고 속마음을 쏟아낸다

기다림에 지쳐 멍든 붉은 심장이
산산이 부서져 내린다

향수 鄕愁

저 머나먼 하늘
내 마음이 머무는 곳

귓전을 스치는 쓰르라미 소리에
옛 마음은 잠기는데

달빛 그립던 밤
달무리를 씁니다

고향 생각

낙엽 따라 흐르는
귀뚜리 울음
한 잎 한 잎 하늘이 떨어진다

처마 끝엔 바람
들리는 다듬이 소리
달밤에 창에 지는 소리
고향 생각

금강하굿둑에서

금강하굿둑엔
갈대들의 숨가쁜 군무가 펼쳐지고
어느새 내 발길은
잔물결 일렁이는 강가에 머문다
누구의 자취일까
갈대밭 샛길을 흩어 놓은
발자국들
누가 다녀갔느냐고 물어도
넘실거리는 백릉白菱의 탁류는 말이 없다

금강하굿둑엔
철새들의 황홀한 군무가 펼쳐지고
어느새 내 발길은
잔물결 일렁이는 강가에 머문다
역사의 흔적일까
강심에 물결을 흩어 놓은
나이테들
무엇을 지켜봤느냐고 물어도
철썩거리는 백릉白菱의 탁류는 말이 없다

그대의 이름을 부르며

지그시 눈을 감고
그대의 얼굴을 떠올려 봅니다.
그리운 얼굴도 제대로 보지 못하고
떠나가신 그대의 이름을 가만히 불러봅니다

그대의 넘치는 사랑을 알지 못했던 내가
미안한 마음으로 꽃을 들고
찾아간 그곳에서
그대는 차가운 묘비처럼 아무 말이 없습니다

지금에서야
그대의 사랑을
그대의 희생을
그대로 인해 내가 살아있음을
모진 세월을 이겨낼 수 있었다는 것을
알았습니다

다시 한번
사랑하는 마음으로
꽃을 들고 찾아간 그곳에
놓인 꽃이 아직도 지지 않은 것처럼
눈가에 맺힌 눈물을 훔치며
그대의 이름을 가만히 불러봅니다

어머니의 눈물

이팝꽃보다도 하얀 어머니는
거북 등 같은 손으로
비석을 쓸어 어루만지며
꺼이꺼이 운다

어머니의 눈물,
유월 하늘의 따가운 햇볕에
말라버렸는가!
뻐꾸기 울음소리보다도 구슬피 들리는
한恨 서린 어머니의
목울음소리

어머니의 눈물,
유월 하늘의 뜨거운 바람에
말라버렸는가!
자식의 이름 석三자를 쓰다듬으며
아들 부르는 어머니의
목울음소리

이팝꽃보다도 하얀 어머니의 눈가에는
어제도, 오늘도, 내일도
흘릴 눈물마저도
말라버렸다

낙화암落花巖

낙엽들 한 떼가 우르르 몰려간다
바람 부는 쓸쓸한 이 길을

백제터 빙 돌아 낙화암 오르니
가쁜 숨결 백마강을 쫓고

삼천 백제 흔적 없이
취흥의 무리만 파도를 탄다

해 저문 나라에 그 무슨 애절한 정이 남았기에
저 밑 푸른 물에 꽃이 됐소

아성이 무너진 백제터를 나오는 나의 눈에
삼천 백제 이슬 맺힌 눈과 쓰디쓴 미소가 삼삼하다

탄금대 彈琴臺

충절의 고장 충주 탄금대에 오르니
우륵의 가야금 가락에 맞춰 여울은 넘실거리고
한恨 맺힌 가락 속에
왜倭에 항복하느니 죽음으로 맞서자는
서릿발 같은 신립장군의 목소리가 쩌렁쩌렁하네
민심이 하나 되어 충절로 지킨 중원의 이 땅에서
충정 어린 마음 비롯하였으니
국민을 주인으로 섬기는 나라 대한민국
천심을 이해하는 충주에서 시작하였노라

환벽당環碧堂

불어오는 바람에 몸을 맡기고
어둠 속에서 밤하늘을 올려다보니
폭죽처럼 아름답게 수놓은 별들이
호기심 많은 어린애의 눈동자 같다

달은 시냇물에 몸을 맡긴 오리처럼
총총한 별들 사이를 유영遊泳하고
고고한 선비를 빼닮은 노거수老巨樹는
굳게 입을 다물고 매의 눈으로 바라본다

이따금 개 짖는 소리에 어둠을 수놓은
별들이 놀라 떨어지는 아름다운 밤
바람도 덩달아 겁에 질려서 달린다

아름다운 이 밤도 내 눈은
역사를 증언하는 선비의 가르침인 양
별뫼로 흐르는 하나의 별똥별을 좇고 있다

3부

진초록빛 그늘 속에서도
쏟아지는 별무리 속에서도
기다리고, 기다리고,
담 너머 발걸음 소리에
님이신가 귀를 쫑긋 세우고
고갤 삐죽 내밉니다
하룻밤 추억이 가슴에 켜켜이 쌓입니다

식영정息影亭

이슬비 내리고 안개는 자욱한
푸른 솔향이 은근한 맛을 내는
별뫼 객정客亭의 마루에 걸터앉았다

개구리와 두더지의 느린 울음소리는
긴 어둠 속에서 지친 설움 토하건만
세월은 구름같이 흘러 여기까지 왔다

바람도 고단한지 잠든 깊은 밤에
기주嗜酒 송강松江의 곡조는 어디 가고
외로운 촛불만 곁에서 춤추며 벗이 된다

감미로운 전율이 흐르는 적막한 밤
설렘 속에 옮긴 걸음 세월을 거슬러
송강의 향훈香薰 찾아 하얗게 지새운다

완도莞島의 바닷가에서

빙그레 웃는 섬의 밤거리에
바닷바람 타고 비가 내린다
선방船房에서 흘러나오는 불빛에
가늘게 부서지는 밤비가 아름답다
비를 맞으며 거니는 부둣가에
물씬 풍기는 짭짤한 바닷바람이
코끝을 스치는 신비로운 까만 밤
거칠고 뜨거운 호흡 소리처럼
선착장에 부딪는 하얀 파도가
뿌연 가로등街路燈 불빛 아래
무지갯빛 비눗방울처럼
천진난만하게 재잘거리며 내린다

불국사佛國寺

연못의 잉어가
한가롭게 노닐 때마다
바람에 풍경風磬이 하품을 한다

부처님 품 안의 내가
한 걸음 한 걸음 옮길 때마다
아사달과 아사녀의 사랑 소리 들린다

구름은 바람 따라 흐르고
토함산 어디쯤에선가
두꺼비의 목탁 울음 속에
뻐꾸기가 독경 소리 토해낸다

대웅전 앞 석가탑과 다보탑
합장하고 탑돌이 하며
세속의 정화淨化를 기원한다

비로전과 관음전을 거쳐
극락전 돌아 내려가며
마음속의 찌든 때
탐貪·진瞋·치痴를 벗는다

만석보유지비萬石洑遺址碑 앞에 서서

배들평야 벼 벤 날카로운 그루터기에 선
농민들의 얼음장 가르는 성난 함성소리가
서슬 퍼런 바람처럼 귀를 에는 듯 스치고
정읍천의 목울음은 더딘 발걸음을 잡는다
민초들의 피땀으로 만든 보洑
넘실대는 봇물, 민중의 한 맺힌 눈물인데
고부 조 군수는 물장수 짓으로 갑질을 한다
참고 참았던 농민들의 분노 쇠스랑과 낫 들고
와르르 쿵쾅! 우레처럼 잿빛 하늘을 뚫는다

먹장구름은 황토재를 잰걸음으로 오르고
까마귀 한 무리가 하늘을 잿빛으로 가른다
목을 옥죄인 민초들의 핏발 선 눈빛은
동진강 물비늘보다도 살기가 번뜩이며
양반 상놈 구분 없는 인내천人乃天 세상
이것이 우리가 꿈꾸는 세상이란다
"새야 새야 파랑새야 녹두밭에 앉지 마라"
하늘아! 죽창 든 청포장수 노랫소리 들리는가
성난 풀은 오늘도 봄 찾아 언 땅을 뚫는다

호민豪民, 기지개를 켜다

교산蛟山은 세상을 바로 봤지
천하에 두려워할 만한 자
오직 백성뿐이라고
그들은 물과 불, 맹수보다도
더 두렵다고 했지

위정자爲政者들은 세상을 그릇 봤지
이 땅엔 호민豪民 따위는 없고
무지렁이 항민恒民뿐이라고
그들을 업신여기고 가혹하게 부리며
걱정할 것 없다고 했지

무릇 강산은 오천 년을 흐르고
양반 상놈 차별 없는 세상이 열렸지만
햇빛을 등진 곳에선 차별의 더께 쌓여만 가고
무지렁이 항민은 서슬 퍼런 눈으로
답답한 세상을 차갑게 응시한다

청맹과니에 귀머거리 위정자들은

지키지도 못할 공약 내세워

이 핑계 저 핑계로 세금 공출 일삼고

백성의 시름은 깊고 원망은 하늘을 찌르며

항민恒民은 원민怨民 되어 간다

엉망진창 나라꼴 지켜보며

백성은 꺽정이처럼 백정白丁 되어

숨어서 숫돌에 칼 갈고

백성을 나 몰라라 하는 세상

갈아엎을 때라지

동지섣달엔

호민豪民이 앞장서고

원민도 항민도 봉기하여

황금들판의 벼 모가지 싹둑 베듯이

북풍한설北風寒雪 몰아치겠지

빨간 우체통

밤새도록 설레던 마음
쓰고, 지우고, 쓰고,
곱게 접은 꽃편지
설렘으로 다가가면
웃음으로 맞아주던 우체통
그는 얼굴을 붉혔다

밤낮없이 바쁜 마음
모두가 스마트폰을 들고
표정 없이 옮기는 발걸음들
지난날의 설레던 마음은
어디에 두었냐며
그가 얼굴을 붉힌다

포터Ⅱ의 황계장黃鷄欌

황계장네 가족들
밥 한 술 제대로 뜨지 못하고
이 아침에 어디로 가는가
다리는 풀리고
반쯤 풀린 의욕 없는 눈빛
마지막 보는 세상
무슨 회한이 남았을까
BBQ 집 앞에서
삶을 회상하듯
두 눈을 지그시 감고
애써 외면하네
철없는 어린 자식만
눈 비비며 밥그릇에 입을 대고
물 한 모금으로 목을 적신다
포터Ⅱ는
오늘도 죄 없고 힘없는
황계장네 가족들을 철창에 싣고
의기양양하다
포터Ⅱ가 어디론가 쏜살같이 내뺀다
황계장네 가족들은
누구를 위하여 영혼을 바칠까
삼가 머리 숙여
영혼의 안식을 바란다

사극 死劇

리모컨을 꾸우~욱
사람들이 살아난다
그리고 이내 쓰러진다

피비린내가 코를 찌른다
단칼에
나뭇잎처럼 우수수 떨어지는 모가지들

투구 쓴 적들은 삭정이처럼
목숨이 끊어지고
투구 벗은 장수는 질긴 칡넝쿨처럼
화살도 칼날도 창끝도 피해간다

피가 튄다
누군가 죽여야만 영웅이 되는 세상
오늘은 누굴 죽여 영웅이 되려고
저들은
투구 벗고 칼날을 겨누나

붉은색

노란색

하늘색

분홍색

누가 영웅이 될까

전운이 감도는 긴장감

미용실

이곳에 가면
이발 전에 부드러운 손길로
향기로운 샴푸로 머리를 감겨준다
젊고 예쁜 수습 미용사의
보드랍고 야들야들한 손
지그시 감은 눈에
어릴 적 어머니께서 머리 감겨주던
모습이 펼쳐진다
마디가 굵고 거친 손
하지만 그 손엔 따뜻한 사랑이 있었다

천년 노룡老龍의 용틀임

공민왕의 영국사 불공은
부처님의 마음도 움직였다
죽어서도 나라사랑의 용이 되겠다던
천년 역사 문무왕의 바람도 들어주었다

하늘길 따라 신선의 마음으로
천태동천天台洞天 접어드니
공민왕과 노국공주의 사랑은
소나무 연리지로 손을 꼭 붙들고
선계仙界의 파수꾼이 된다

감포 수중릉의 문무왕이
용추 폭포 아래에서 용틀임하며
영국사 산신각 표범의 비호 아래
천년 노룡老龍으로 곤룡포를 입고 위용을 드러냈다
천태산 아래 별보다도 더 빛나는
나라의 수호신이 되어 국태민안國泰民安 염원한다

잉어, 천태산 하늘을 날다

하늘에서 명주바람 불면
대웅전 추녀 끝 풍경風磬에 매달린 잉어가
모시나비처럼 사뿐사뿐 난다

산에서 내기바람 불면
대웅전 추녀 끝 풍경風磬에 매달린 잉어가
백구白狗의 긴 졸음을 깨운다

계곡에서 아랫바람 불면
대웅전 추녀 끝 풍경風磬에 매달린 잉어가
벽공碧空의 새털구름 속에 숨는다

부처의 마음에서 황소바람 불면
대웅전 추녀 끝 풍경風磬에 매달린 잉어가
지전紙錢 사른 재처럼 하늘을 난다

연리지連理枝 사랑

다가설 수 없어 애태운 마음
마주보고 그리워도 잡을 수 없고
간절함은 하늘의 마음을 움직였는지
세월의 흐름 속에 손만은 맞잡게 하였다
애절함이 더하여 잡은 손, 천 년은 더하리라

제멋대로 사랑하고 헤어지는 사람들아,
연리지의 심장 뛰는 소리 들리는가
이기적인 마음으로 가득 찬 사람들아,
연리지의 그윽한 사랑 눈빛 보이는가
그리움이 더하여 잡은 손, 천 년은 더하리라

능소화凌霄花

하룻밤 사랑이
영원한 그리움이 될 줄이야
어찌 알았으리

한 송이의 꽃이 되어
는개 내리는 이른 아침에
담장 너머 말소리에 귀 기울이며
까치발로 고개를 삐죽 내민다
그리움이 주황으로 물든다

달콤한 속삭임이
그리움의 한恨이 될 줄이야
어찌 알았으리

한 송이의 꽃이 되어
굵은비 내리는 까만 밤에
담장 너머 발소리에 귀 기울이며
말없이 눈물을 흘린다
한恨이 주황으로 뚝뚝 진다

능소화 연정戀情

꽃바람 불어오던 날
보문산 뒷산은 온통 갈맷빛으로 물들고
구암사 목탁 소리는 가슴골 따라
부처의 자비와 진리가 흐른다

울 밑에서 고개 삐죽 내민
능소화는
임 그리워 주황으로 물들었다

사랑하는 임이
이제나저제나 올까
목 긴 초식동물처럼 삐죽 고개 내밀고
바라보는 애타는 모습

옷깃 스친 연분緣分의 길손일까
삿갓으로 하늘 가린 속세를 등진 스님일까
사랑에 허기진 심장은
가문 논바닥처럼 쩌억-쩍, 갈라지고

사랑의 갈증을 앓는
능소화는 주황빛으로 이글이글 탄다

능소화 추억

뜨거운 태양 아래에서
장대비 속에서도 기다립니다
담 너머 발걸음 소리에
님이신가 귀를 쫑긋 세우고
고갤 삐죽 내밉니다
사랑의 그리움이 한恨으로 쌓입니다

진초록빛 그늘 속에서도
쏟아지는 별무리 속에서도
기다리고, 기다리고,
담 너머 발걸음 소리에
님이신가 귀를 쫑긋 세우고
고갤 삐죽 내밉니다
하룻밤 추억이 가슴에 켜켜이 쌓입니다

천 년 사랑과 한恨

사월은 잔인한 달이란 말을
달나라 옥토끼가 방아 찧는
옛이야기쯤으로 생각했었다
장미꽃 봉긋하게 망울질 때
가로수엔 철 이른 은행잎이
노랑나비 되어 바람에 몸을 맡긴다

사월 열엿새 비바람에
사랑하는 피붙이는 떠나고
하늘은 서럽게 눈물을 쏟아냈다
영국사 대웅전의 풍경과 백구도
먹구름 속에서 서럽게 울고
천년 은행나무도 천둥처럼 울었다

맹골수도 용오름 물결 바라보며
망자를 기다리다 눈물까지 말라붙은
산 자는 망부석이 되었고
오늘도 천년 은행나무는
노란 은행잎을 만장처럼 날린다
아! 천 년 사랑과 한恨

한恨을 달래며

기약 없는 청춘들의 한恨이
"엄마! 아빠! 사랑합니다"
"엄마! 아빠! 살고 싶어요"
바닷물이 차오르는 선실船室 벽을
열 손가락 부러지고 찢어지는 줄도 모르고
할퀴고 또 할퀴며 울부짖는다
바닷물은 핏빛으로 물들고
하늘이 운다

하염없는 부모들의 한恨이
"내 새끼야! 죽지마라"
"내 새끼야! 살아만 돌아와다오"
까맣게 타들어 가는 심장을
열 손톱 부러지고 찢어지는 줄도 모르고
멍들고 피멍 들도록 후려치며 울부짖는다
하늘도 피멍으로 물들고
바다가 운다

험악한 파도가 내 새끼들이 울고 있는 배를
꾸역꾸역 삼키는 모습을 생중계로 바라보며
부모들은 피를 토하며 발만 동동동 구른다
"네 탓이야! 네 탓이오!"
서로 책임을 전가하는 고성高聲 속에
시간은 흐르고 파도는 뱃머리를 삼켰다
한恨 많은 나라에 회한悔恨이 응어리지는 순간
우리들도 목놓아 운다

실종자가 사망자로 변하는
생환자 한 명 없는 상황을 바라보며
무능력한 우리들을 탓하며 가슴을 친다
무기력한 우리들의 모습에 가슴이 먹먹하다
부모의 피눈물 뚝뚝 떨어져
흰 철쭉 붉게 물들여 흩뿌리고
만날 수 없는 우리 아이들 배고파 울까 봐
거리마다 하얀 이팝꽃을 공양供養하며
좋은 세상으로 훨훨 길 떠나라 한다

산수유 山茱萸

간절함은 사랑을, 사랑은 불멸을 만들어
그 사랑은 사나운 벌들도 안아주고
천칠십삼일을 진도 앞바다 바라보며
내 가슴에 지지 않는 노란 꽃으로 피었다

매서운 바람과 몰아치는 눈보라 속에서도
밝은 빛으로 바닷속 영혼들을 밝게 비추며
노란 나비의 날갯짓에 윤슬이 반짝이고
아홉 영혼의 등대 같은 길잡이가 되었다

삼백사 영혼이 노란 나비가 되어
사계절 아홉 영혼 달래며 손을 내밀고
간절한 염원 속에 촛불은 어둠을 몰아내어
새벽은 밝아오더라

산수유 노란 리본이 만장輓章처럼 날리던 날
자리걷이 진도 씻김굿의 애절함에
아귀餓鬼 같은 진흙도 강철을 깃털처럼 내어주고
간절함은 신통하더라

불멸의 사랑은 추위와 어둠도 몰아내고
푸른 하늘 아래 노란 산수유꽃은 지지 않더라
이승과 저승까지도 이어주는 끝없는 인연의 끈
영원한 사랑의 향기 전해준다

옥잠화 玉簪花

바람 소리 타고 하늘을 향한
사내의 피리 소리는
선녀를 지상으로 내렸다

선녀는 나무 뒤에 몸 숨기고
터질 듯한 심장은 쿵쾅쿵쾅
피리 소리에 그만 넋을 잃었다

아름다운 향기에 눈 맞춘 사내
부끄러움에 얼굴 붉힌 선녀는
비녀를 정표로 주고 하늘로 떠났다

아쉬움에 넋을 잃은 사내의
울부짖음 속에 비녀는 손을 비껴나
선녀의 향기 머금은 옥잠화로 피었다

휘영청 밝은 달이 뜬 뜨락
그림자 드리운 나무 아래에서
스치는 바람 소리에도 고개를 삐죽 내민다

꽃무릇

그날따라 왜 비는 내려 그녀의 발목을 잡았을까. 속세의 유혹을 떨치지 못한 묵언 수행 행자승의 가슴은 쿵쾅거리고 눈을 뜨고 감을 때까지 온통 그녀뿐 그리움에 피 토하며 심장은 멎었다. 깊은 땅속에 묻혀서도 잊지 못해 갈기갈기 찢어진 심장 부여잡고 선홍색 피 뿜으며 세상에 나왔다. 그녀를 사랑하는 마음 붉은 꽃으로 산사를 에워싸고 살아서 이루지 못한 사랑 죽어서 그려봐도 제 몸뚱이에서 나오는 잎조차 만날 수 없는 아, 영원히 슬픈 추억의 상사화相思花.

동백 冬柏

된서리가 내려 세상이 꽁꽁 얼어도
붉은 태양보다 더 환한 미소를 머금고
모진 칼바람이 심장에 스밀지라도
황금알보다 더 아름다운 꿈을 피워내련다

눈보라 흩날려 세상이 꽁꽁 얼어도
용광로 같은 정열은 얼리지 못하리
바닷바람이 파도 속에 몸을 쓰러뜨릴지라도
심장의 붉은 피 토하며 정의正義를 외치련다

난설헌 蘭雪軒

여인의 사랑은
모래밭 위 아지랑이처럼 불타고
애타는 사내의 마음은 하얗게 사윈다

여인의 그리움은
촛농 같은 눈물로 두 뺨에 흐르고
붓 들면 시詩가 되어 세상을 적신다

여인의 기다림은
텅 빈 뜰에 하얀 설움으로 내리고
가슴 가득 까맣게 타버린 한恨이 된다

동백꽃

바닷가 언덕 망부석처럼 서 있다
수평선 너머 응시한 채
사납게 파닥거리는 치맛자락 붙잡고
만선을 기약하고 떠난 임 기다리는가

동네 어귀 당산나무처럼 서 있다
구름바다 너머 응시한 채
풍선처럼 나부끼는 옷고름 붙잡고
예쁜 꽃신 사 오겠다던 임 기다리는가

비바람이 치는 궂은 날에도
눈보라가 치는 험한 날에도
까치놀 진 칠흑 같은 밤에도
하루도 빠짐없이 하냥 그 자리에 섰다

봄 여름 가을 지나고
하얀 눈이 내리는 날
짙붉은 꽃송이 피운 무덤 하나
임 기다리던 자리에 처녀처럼 봉긋하다

너무도 애절한 사랑
붉은 심장 세차게 고동치고
그리움으로 눈 감지 못한 꽃망울
모진 바닷바람도 이기지 못하였더라

겨울의 소풍逍風

살을 에는 듯한 울음 안고 떠난
겨울이 소풍을 왔다

겨우내 얼었던 세상에 꽃눈을 날리며
하늘에서 보낸 차사差使처럼
사뿐히 내려왔다

가만히 향기 놓아 꽃바람 타고
겨울이 소풍을 왔다

깔깔 웃어 대던 우리 곁에 벚꽃눈으로
꽃밭에서 날아온 나비처럼
사뿐히 내려왔다

뽀송뽀송한 연분홍 솜사탕 들고
겨울이 소풍을 왔다

벚꽃눈 가득 안고 내려온 겨울은
볼그레한 얼굴로 내 품에 안겨
살포시 수줍게 웃는다

나목裸木의 가르침

쌀쌀맞은 어둠이 떠난 아침
이슬을 흠뻑 머금은 햇살은
들녘을 황금빛 가을로 물들이고
햇살이 여유롭게 미소 짓는 오후
은빛 억새는 밀어蜜語를 속삭인다

강군 가도江群街道 달리며
마음은 겹겹이 옷을 껴입는데
여름내 불볕더위와 장맛비도 견디며
이마에 맺힌 땀 시원하게 식혀주던
가로수는 한 겹씩 옷을 벗고
나목裸木으로 앞에 선다

주렁주렁 매달린 사과의 붉은 볼은
내 가슴 설렘으로 물들게 하고
황금빛 들녘에서 허수아비 춤출 때
가로수는 나목裸木으로 앞에 선다
모든 것을 다 내려놓아도
추醜 하지 않은 삶이 무엇인지
말보다 행동으로 가르침을 준다

4부

하늘 밖엔 수많은 보석 별들이 반짝이고
구수한 흙냄새가 코끝을 간질이는 밤
초가집 방 안 그늘진 촛불 그림자 아래
울 엄마는 한 땀 한 땀 별을 깁는다

낙상홍落霜紅

울긋불긋 다홍으로 물든 온 산에
칠흑 같은 밤 무서리가 내렸다
쓸쓸한 낙엽은 이별이 아쉬운 듯
자꾸만 내 옷자락을 붙잡고
고개 들어 저편을 바라보니
고운 빛으로 여인이 발그레 웃는다

태양보다도 더 붉게 빛나는
낙상홍落霜紅

단풍은 총총걸음으로 산을 내려가고
백옥白玉이 세상을 푸근히 감싼다
하늘과 땅이 하나가 된 세상
붉은 열매 등대처럼 빛무리져
날짐승 길짐승의 쉼터
길 잃은 나그네의 이정표가 된다

샛별보다도 더 반짝 빛나는
낙상홍落霜紅

홍매화 紅梅花

눈부신 햇살에 반짝, 빛나는 그대는
처마 밑에 대롱대롱 매달린 고드름보다 더 맑고

삭바람에 발갛게 얼었던 눈꽃이
향기를 머금고 볼 붉은 얼굴로 내린다

반짝반짝 보석처럼 내려온 그대
바람에 살랑살랑 옷자락을 흔들며 얼굴 붉히네

가로등 불빛에 반짝, 빛나는 그대는
밤하늘에 초롱초롱 수놓은 별빛보다 더 곱고

하늘에 사뿐히 매달렸던 눈꽃이
향기 품은 고운 사랑꽃으로 내린다

방울방울 사랑으로 찾아온 그대
마음속에 망울망울 비꽃 되어 촉촉이 내리네

별 깁는 어머니의 손길

그믐밤 칠흑 같은 어둠 속
도시는 까만 밤을 하얗게 지새우고
화려한 네온사인 빛의 유혹에
마음은 부나비처럼 불빛으로 빠져든다

남실남실 부는 산들바람에
고달픈 삶의 날갯짓 잠시 멈추고
고개 들어 고향 쪽 하늘 별을 바라보며
반딧불이 춤추던 추억을 떠올린다

하늘 밖엔 수많은 보석 별들이 반짝이고
구수한 흙냄새가 코끝을 간질이는 밤
초가집 방 안 그늘진 촛불 그림자 아래
울 엄마는 한 땀 한 땀 별을 깁는다

마당에선 밤바람 장단에 풀벌레 노래하고
쏟아지는 싸라기별 아래 반딧불이 춤추며
방 안에선 촛불이 나비처럼 사뿐 춤추고
별 깁는 어머니의 손길은 새벽을 지난다

상념과 씻김굿

갈등으로 더럽혀진 지저분한 세상에
흰 눈이 만장輓章처럼 휘날리던 날
바람따라 흘러들어가 살고 싶은 곳
가마봉 기슭 아래 꽃사슴들이 뛰놀던
임란壬亂도 피했다는 녹은鹿隱골

봄이면 능선마다 울긋불긋 웃음꽃이 피고
여름엔 갈맷빛 계곡마다 생명수 넘실대는
갈이면 울긋불긋 단풍이 하늘을 희롱하고
겨울엔 빨간 눈의 하얀 토끼가 손 비비는
사계절 동화처럼 아름다운 노근리老斤里

경인庚寅 동란動亂에 나선 피난길
경부선 철로 위에서 쌍굴다리 아래에서
살 수 있다며 떠나자던 동맹군들의 총탄에
죄 없이 목숨을 송두리째 빼앗긴 채
피울음을 토하며 눈감지 못하고 쓰러졌지

진실은 칡넝쿨로 친친 옭매어져 감춰지고
비가 내리는 날이면 서러운 목울음 울며
질곡의 세월 무거운 발걸음을 떼지 못하는
흘릴 눈물마저 말라버린 영혼들의 한恨
맑은 소주잔 건네며 씻김굿으로 달랜다

무화과無花果

알록달록 아름답게 꽃도 피지 않고
살포시 코끝을 스치는 향기도 없이
옹이처럼 투박한 열매를 맺는 걸
촌스럽다고 손가락질하며 비웃는다

열매 익어 십자가처럼 입 벌리고
성경에도 등장하는 성스러운 나무
선악과를 따 먹은 아담과 하와의
부끄러운 그곳을 가려준 나뭇잎

용광로처럼 불타는 사랑을 왜 막았는가
사랑의 마음을 남몰래 감춰야만 했는가
사랑의 아픔은 짙붉은 꽃잎처럼
속울음으로 가슴속에 붉게 핀다

로즈먼 다리Roseman Bridge

바람 부는 날 민들레 홀씨처럼 날아든
자유로운 영혼의 로버트 킨케이드
꿈틀대는 꿈을 자장가로 잠재우며 사는
한 떨기 들꽃 같은 여인 프란체스카
한눈에 반한 불꽃같이 황홀한 사랑
나흘간의 사랑은 그리움과 추억이 되었다

로즈먼 다리에서의 만남은
가슴속에 사랑의 바람을 일으키고
나흘간의 운명적인 사랑은
애틋하고 절절한 그리움과 추억이 되어
사랑의 불잉걸로 이글이글
마음 깊은 곳에 붉은 산수유처럼 피었다

서로 그리운 매디슨 카운티의 다리에서
죽어서 애틋한 영혼으로 만난 그들
가슴에 깊은 장醬맛처럼 남은 사랑
그대여,
'흰 나방들이 날갯짓할 때,
        원하시면 저녁 드시러 오세요.'

파랑새

파랑새야!
너는 무슨 한恨이 많아
철조망 위에 앉아서
그렇게 슬피 우느냐?

파랑새야!
네 울음소리
저 멀리 계신 우리 님의
애틋한 마음 전하듯이
한없이 슬프구나

파랑새야!
저 너머 계신 우리 님께
내 마음 전해주렴
만날 날을 손꼽아 기다린다고

배롱나무

술도 백일
효소도 백일
그렇게 맛있게 익어가겠지

자식 점지도 백일
시험 승진도 백일
그렇게 소원은 이루어지겠지

그리움 백일
기다림 백일
그렇게 사랑은 여물어 가겠지

백일白日을 그렇게
백야白夜를 그렇게
알몸으로 드리는 순수의 정화

백일홍百日紅

제물祭物로 바친 처녀를 보고
해룡은 거센 풍랑 속에 춤을 추네
어디선가 때맞춰 나타난 백일은
위기에서 처녀를 구하고
먼 길을 떠났지

처녀는 백일을 기다리다가 지쳐
그리움은 병이 되어 숨을 거두고
백일이 되던 날 임이 왔지

양지바른 곳에 묻어주니
그곳에서 임 기다리듯이
백일 동안 그리움의 꽃으로
햇볕 속에 벙그는 나무가 되었다

비 그리고 눈

세상의 지저분한 모습
깨끗이 씻어내는 비

세상의 지저분한 모습
살포시 감싸주는 눈

사람들은 눈이 좋다지만
난 비가 좋다네

눈이 녹으면 추악한 세상
비가 내린 후엔 하늘이 푸르다오

사계四季

봄,
사랑의 씨앗, 움 돋고 꽃피우다

여름,
비바람 갈맷빛 녹음 우거지다

가을,
사랑은 목젖을 타고 가슴에 붉게 물들다

겨울,
사랑을 겨우내 맛보려고 꽁꽁 얼렸다

사랑은 그리움에서 움트고

은하수가 가로막혔어도
칠월칠석 오작교烏鵲橋 위에서
견우와 직녀는 만났다
그리움은 애절하더라

보슬비 내리는 보름
석가탑 비치는 영지影池에서
아사달과 아사녀는 죽음으로 만났다
사랑은 감동이더라

거친 파도 휘몰아쳐도
드넓은 우리 땅 동해東海에서
동도東島와 서도西島는 만난다
그리움은 사랑이 되더라

사랑은 그리움에서 움트듯
남과 북이 두 손 마주 잡을 때
우산봉과 대한봉에 태극기 휘날리며
동서남북 함께 하자며 미소 짓는다

겨울의 마실

하얀 솜사탕을 가지고
겨울이 마실을 왔다

세상의 추악함을 용서하듯
겨울이 마실을 왔다

하늘이 보낸 천사처럼
하얗게 웃으며 내게 왔다

설산雪山

나무가 새 옷을 입었다
시샘 없이 하얀 옷을 입었다
개성 없다고 투덜대던 나무들이
반짝이는 하얀 옷을 입었다
모두 성자聖者가 되었다

귀울음耳鳴

관현악단의 조화로운 합주合奏
봄엔 풀벌레가 즐겁게 노래한다
"찌르륵 쓰르륵 츠~르 띠이~"
여름엔 파도가 밀려갔다가 밀려온다
"쓰윽 쏴아 척 처~억"
가을엔 갈대가 서럽게 운다
"사각사각 서걱서걱"
겨울엔 얼음장이 호랑이처럼 포효한다
"쩌~엉, 쩡"
안방에선 늙은 텔레비전의 이명이
내 사계四季의 귀울음을 깨뜨린다

가마니 치기

스륵
타닥
대바늘로 볏짚을 먹이면
내려치는 나무틀 소리
한 줄 한 줄 곱기도 하다

스륵
타닥
옆에서 멍하니 보고 있노라면
바늘 따라 내 눈도 왔다갔다
틀 따라 내 머리도 *끄덕끄덕*

값진 삶

별 하나 긴 세월에
긴 하루를 바장이는 발길들
사람의 생명은 나뭇잎
누구나 스러지면 한 줌 부토
어찌 살든
나중 가는 길은 한 곳 저승인데
값지게 살다 갔느냐는
선하게 살았는지에 있으리다

사랑, 절대 고독

까만 밤
하늘엔 눈썹달이 서글프게 웃고
내 어린 시절의 꿈들이
아스라이 별이 되어 총총히 박혔다

연잎 촛대燭臺에 올라
임 기다리는 등대처럼
불 밝힌 촛불

기다림으로 이 밤을
까맣게 태운다

그리움으로 내 맘도
까맣게 탄다

졸던 촛불이 외풍에 깰 때마다
행여 임인가 문 열어 보면
임은 까만 하늘의 별처럼
저 먼발치에서 발걸음을 옮긴다

내 마음을 아는 듯
촛불은 말없이 소매로 눈물을 훔치고
사랑을 기다리는 나도 가만히 눈물을 떨군다

그리움

은행잎 떨어지는 날은
황금비 내리는 가로수 아래
친구들과 가장 예쁘게 물든
노란 잎 주워 책갈피에
장밋빛 희망으로 넣던
그 시절이 그립다

단풍잎 떨어지는 날은
열병식 하는 가로수 아래
친구들과 가장 예쁘게 물든
붉은 잎 주워 책갈피에
보랏빛 사랑으로 넣던
그 시절이 그립다

뒷간

들어가기 위해 머리를 조아리고
헛기침도 하며 신도 배려했다
산모의 산고産苦가 이러했을까
똥 덩어리 한 줄기 뽑아내어 거름으로
배추며 무를 미끈하게 키워내던 저력을
마음을 비우는 곳
비움은 또 다른 생명을 탄생시키니
이처럼 위대한 성지가 또 있겠는가
삶과 죽음이 순환되는 공간

밤은 잠들지 않는다

바쁜 일상 속에
막걸리 한 사발 들이켜고
술기운에 취해 일찍 잠자리에 들었다
한밤중에 갈증이 나서 눈을 뜨니
밤은 아직도 초롱초롱한 눈망울로 빛난다

찜통더위 속에
매미는 짝 찾아 목메어 울고
무더위를 잊으려 등목하고 잠자리에 들었다
새벽녘에 뒤척이다가 눈을 뜨니
밤은 아직도 세상을 뚫어져라 바라본다

사쿤탈라Sakuntala

깊은 산속 사냥터에서 첫 만남으로
두샨타의 마음을 홀린 그녀
요정 같은 사쿤탈라와의 아름다운 사랑
신神도 시기猜忌를 하는가
야속하여라, 얄밉도록 야속하여라
두샨탸의 사랑 기억을 빼앗고
사쿤탈라의 사랑 정표를 잃게 했지
사랑의 정표를 찾고, 기억을 찾고
두샨타는 사랑 찾아 세상을 헤맨다
눈멀고 귀먹고 벙어리 된 사쿤탈라와의
뜨거운 재회, 흘리는 피눈물,
사쿤탈라 그대 향한 불타는 내 사랑
칠흑 같은 오늘 밤, 나무 위에
빨간색 양산을 활짝 펼쳐놓으리

입맞춤

입맞춤을 하는 연인들이
주고받는 은밀한 사랑의 언어
나와 너의 불타는 영혼에 말을 건네며
온 마음을 빼앗아 간다

황금빛 천으로 둘러싸인 채
클림트와 에밀리에의
달콤한 사랑의 입맞춤
황홀한 사랑의 입맞춤

사랑의 기쁨을 느끼는 순간
내 심장은 뜨겁게 펌프질하고
사랑의 슬픔을 느끼는 순간
몸으로 쓴 편지가 되어 가슴을 찢는다

홀로 사랑

네게 들킬까 봐
몰래 둥구나무 뒤에 숨어서
고개 삐죽 내밀고 혼잣말만
되뇌다 돌아서길 밤낮처럼

누가 볼까 봐
늦은 밤 집 앞을 서성이다가
개 짖는 소리에 뒤돌아서길
밤하늘을 수놓은 잔별만큼

이른 봄 이슬 머금은 새벽
밤을 하얗게 새운 목련 바라보며
가슴속에 평생 설렘으로 간직한 말
'사랑'

지금은 늦가을 노을 진 오후
바람의 숨결에 지는 낙엽 바라보며
가슴속에서 설렘으로 꺼내는 말
'사랑해...'

캐스트 어웨이Cast Away

인생을 바람처럼 바삐 살았다
크리스마스이브에도 네 곁에 있지 못하고
일의 노예처럼 이번 한 번만이라며
내일을 약속하고 떠났었다

나는 난기류에 발목을 잡혀
망망대해 무인도에서의 외로운 삶을 살며
추위와 배고픔은 파도처럼 밀려오고
널 향한 그리움은 모래알처럼 쌓여만 갔다

뜨거운 태양과 타는 목마름 속에서도
펜던트 속 네 사진 보며 외로움을 달랬다
너는 내 삶의 이정표이며 나침반이었기에
살아서 만나겠다는 마음으로 세월을 견뎠다

천오백여 일 만에 뗏목 타고 돌아온 내게
기다림에 지친 너는 내 곁을 떠났고
나는 다시 육지에서 조난을 당했다
육지에서 삶의 이정표를 잃어버린 나

비가 내리는 날 밤 너를 찾아갔을 때
우리의 애틋한 마음을 아는 듯
나와 너, 하늘도 밤새 울었다
너는 내게 유일한 사랑이었다

망망대해 같은 육지의 갈림길 중앙에
홀로 선 나는 이제 어떤 희망으로 살아가며
삶의 이정표와 나침반을 잃어버린 나는
이제 어디로 가야만 할 것인가?

금강하굿둑에서

문철호 시집

초판 1쇄 : 2018년 3월 1일

지 은 이 : 문철호

펴 낸 이 : 김락호

표지 그림 : 김락호

디자인 편집 : 이은희

기 획 : 시사랑음악사랑

인 쇄 : 청룡

연 락 처 : 1899-1341

홈페이지 주소 : www.poemmusic.net

E-Mail : poemarts@hanmail.net

정가 : 10,000원

ISBN : 979-11-6284-002-3